京ことばを胸に

安森ソノ子詩集

竹林館

安森ソノ子詩集

京ことばを胸に

目次

一　京女世界を巡る

二　日本文化のもとで

三　御所ことばで

一　京女世界を巡る

ニューヨークでの京女

マンハッタンでの夕暮れ時
ハドソン川に面した街の表情を　見とうなりました
タクシーで川辺を走ってもらい　ブルックリン橋を渡って
イースト川の上からの眺めを楽しみ　対岸へ着いたのどす
目ざすは　リバー・カフェ
必要があって　実は京都でアメリカのケーキ作りの先生についていました
　毎月ケーキ作りを習っていたんどす　そやからケーキの先生が良いと言って
　くれはったニューヨーク市内のお店へ　一人で取材に立ち寄ったんどす

目の前が川のテラスの椅子に座って　対岸にそびえ立つノッポのビル
　ディング・世界貿易センタービルを見つめていました
夕陽はビジネス街の向こうへ傾き　建物は一日の終わりに深い呼吸をして

いました
しばらくの間　人工の造形美に時を忘れていましたが　やっぱり性分どすわ
バッグからノートとペンを取り出して　なにやら詩みたいなものを
　書き出していました
水面には夕焼けの残照がうつり　水の語りに静かな思索の時をもちました

気長に　大分待ったのに　チョコレートケーキを持って来はりません
ウエイターは東洋人の中年の男性どした
「注文したケーキを　待っているのですが」と英語で言うと
「もうしばらく待って下さい」と答えはる
丁度夕暮れの時刻　この美しいニューヨークの景色を味わって下さいと
　いうことやと　また夕やみにつつまれる摩天楼を　ずーっと見てました
向こうの川辺には灯がともり　夜を迎えるウォール街も次第にゆるやかな
　時間が流れようとしています
世界貿易センタービルは　二本の煙突のようにそそり立っていて　街を守

る父母のように　空と地と水面の調和を　超然とりりしくささえている
　のどした

気がついたら　周りの席の白人の方々　みんな注文したものを美味しそう
　にいただいてはるのに　うちの席へは未だ来てません
待ちくたびれていました　風が冷たくなってきて　また「ケーキはどう
　なっているのですか」とたずねました
ウエイターは「すみません　もう少し待って下さいますか」と言う

ようやく運ばれてきたのは　渡ってきたブルックリン橋を形取った　繊細
　に作られた見事なチョコレートケーキ
芸術的な造形　〈ケーキでの歓迎〉
こんなに手のこんだケーキを見たことがないと　見とれ　味わい
〝なるほど〟と納得したのどす
以前から世界のケーキ好きが集まるテラスと言われるだけ　ものすごい

手間をかけてはる　お客さんをアッと言わせはる
現世《うつしよ》の美を胃袋へ――なんて詩句を胸に　多分注文してから形を整え
心をこめて仕上げられたであろうケーキをいただきました
まろやかで　甘さも程よく　上質の忘れられない味やなぁと思うてました時
目の前にケーキを作った人が現れました
ケーキ作りの白人の職人さんは「如何でしたか」とたずねはる
ケーキを通して　その道の達人とうちは　心の躍動を了解しあったんどす
「おおきに　素敵なケーキをいただきました」

――――――！！
その年の九月十一日
テレビで　あのツインタワーの高層ビルが　炎につつまれてくずれ落ち
るのを見ようとは！　あの日　対話していた地上四四二・八メートル
のビルが

五月に　あれだけ時間をかけて世界貿易センタービルを仰いだのは
　目にやきつけたのは
地霊の招きだったのか　命のめぐり合わせだったのでしょうか

ワールド・トレード・センタービルの在りし日よ
私はビルと人々の追悼を　ひとりでにして……
歯をくいしばって　日本にいてもマンハッタンの苦悩の日々を
共に耐えているのどす

ブロードウェイでの京女

空港からニューヨークの市内へ入るまでに　てんこもりのスケジュールを
見ていました
まずブロードウェイで　ミュージカルを観たいと思うてましたし
すんなりと劇場行きを決めたんどす
他では節約をしても　本場でものを吸収しいひんと　行った値打ちが無《の》う
なると思うて　ミュージカルのチケットをさっと予約しました
びびらずに日本から申し込んで　ミッドタウンに宿をとるようにしていま
したさかい　一人で通いました
歩きやすい靴をはいて　マンハッタンの中のまっすぐな道をトコトコと
劇場まで早歩きをしてました
夕方のブロードウェイあたりは　街の様子も活気があって　その中にも
ほっこりすることが見つかったりして

路上でただ一人　トランペットを吹いている人影は？
背の高い白人でミュージシャン
劇場へ行く時刻に吹いてはったその人は
夜の十時ごろ　私が帰る時もまだ同じ姿勢で吹いてはる
前の小さな箱の中には　それほどお金もたまってへん
でも　彼は誰のために一心に奏でるのか　がんばらはるのか
聞く人がいてもいなくても　ひたすらに演奏する気力の源は　何か

それは　夜空と一体となった志を貫こうとする原型そのもの
五月の街で立ち止まり聴く　私という人影
一人がわずかのコインを入れて聴いてくれている
何人集まっていくらお金が入ったとか　熱演中に気にしなくてもええのどす
この世に生まれてきて　可能性の追求を心ゆくまでしていくんや
　初心を断じて貫きたいんや　という心音がほとばしり出ている事実

それによって　道を行かはる一人一人が自分の生き方をもっと深う考えはる
　そういうきっかけを作らはる
演奏は　音色だけを街の目抜き通りで轟かせているのではないのどすなぁ
悲しくも寂しくもなく　濁流となって未来へのできることからの出発を
　教えてくれはる
幻の花束に包まれて――

アーリントン墓地での京女

ニューヨークを発って
ワシントンＤＣへいったんどす
日本人のガイドの運転で
三人連れの私たちは　街を見て回りました
緑の多い広々とした光景のなか
やっぱり最初に訪れたいと思ったのは
アーリントン墓地どした

清潔な何と広大なアーリントン墓地
国家につくさはった人々の墓碑は
緑の芝生の中に　整然と並び
白い大理石でできた同じ形の長方形の墓石は

等間隔に視野に広がる
丘というより低いなだらかな山一帯が
墓地になっているといえます
二十五万人以上が永眠する聖地の静まり…

忘れたらあかんことがありますえ
ケネディ大統領夫妻のお墓は
歩いて歩いて登ってゆき
見晴らしの良い高台にあるのどす
故人となられた大統領の生前のお姿が
宙に浮かび
国の歩みが　ぎしぎしと胸をかけめぐります
大統領夫妻の墓地から少し下の方に行くと
弟さんである　ロバート・ケネディ氏のお墓どす
白い十字架が緑の中にすくっと立ち

兄を敬愛する弟さんの志そのもの
〝兄弟の絆〟に思わず頭を深く下げていました
すべての墓碑に
お供物やお花はなんにも無い
でも　墓地の正面で墓を守らはる衛兵の
毎日続く一分の休みもない
その国の故人への誠意に
日本人の私も　身が引き締まるのどす
米陸軍第三歩兵隊の特別に訓練を受けた衛兵が
直立の姿にライフルを手にし
墓前を二十一歩で歩いては百八十度向きを変える
この規則正しい動作の中で
三十分または数時間ごとにある厳粛な儀式
衛兵は儀式を経て交替をする
永遠に続く……この墓の守り方

南北戦争　第一次世界大戦　第二次世界大戦
朝鮮戦争　ベトナム戦争　湾岸戦争など
戦争で散ったこの墓地で眠る命に
私は「地球の悲しさ　運命」をおもいめぐらすのどす
じんわりと　せーだい（精出して）学んだ北米での日々どした

パリでの京女　ロダン美術館にて

またパリでノートに何やら綴ってます
いつも来るロダン美術館へ　朝から来ました
一緒に来ました夫は　今日は古城めぐりに出かけましたので　一人歩きの
　この自由さよ

ロダン美術館の門を入ったところで　前庭を右手前方へすすむんどす
そして　やっぱり仰ぎ見る「考える人」
ロダンの胸中が　ビシッーと伝わってくるように思えてなりません
その彫刻の前では　ぎょうさんの観光客が彫刻と同じポーズをとって
　写真の撮りあっこをしてはります
若い白人の娘さんたち　みんなそのポーズで写真を撮って　ものすごうにこ
にこしてはりますけど　近くの〝バルザックの像〟を見てはるのかしら

ロダンが制作を依頼されてつくったこのバルザック像こそ　時代と人間の
内なる声を考えさせますなぁ

文豪バルザックの像なら　ネクタイをしめて　しゃんと立ってはる格好やと
思いますやん
そやけど　ロダンが制作したのは　ガウンのようなものを着流して
ちゃんと立つどころか　後ろへつんのめりそうになって立ってはる像どす
当時　依頼した先方は　こんなもの受け取れへんと言って大問題になった
〝だるま〟みたいな像　未完成の彫刻じゃないかと　さんざん厳しいことを
ロダンは言われはった
わたしも　なーんと寝巻きを羽織って「どうしましょ」と言って立ってはる
ようなバルザックの姿やと　はじめ思いました
いや　とことん納得するまで鑑賞することどす
ロダンの表現しようとした中身は　一日中書きに書いて　パリの庶民の生活を
描写し続けた作家の　飾らない　借金取りからよう隠れはった表現者の人間
的な実像やと解釈して　次はバルザック記念館へ走って行きとうなるのどす

シャネル本店で

ふと目の前の建物を見ると　シャネルの本店でした
化粧品のランコム本店で　原稿の取材がてらエステをしてもろうて　その帰り
〝やぁ　偶然〟と思うて　せっかく前を通ってるんやし　と店内へ入ること
にしました

清潔な感じで　落ちついた屋内には　とりたてて私の気をひく服もありませ
んどした
「こんな服が×××ユーロもするんやなぁ
どこに値打があるんやろ
シャネルの製品というだけで買う私やないわ」　と思い　静かに歩いてい
たんどすが　だぁれも「手を通してごらんになりますか」なんて日本の店
のように言わはらへん

そこがありがたいことやと　はんなりとした心地で見学していました

うちを揺さぶっているのはココ・シャネルの洋服作りの姿勢どす

この百年の間　ぎょうさんの女性ファンから喜ばれてきはった事実を身近に

聞いています

シャネルの実母は彼女の十二歳前に他界　その後父親に捨てられはりました

孤児院や修道院で育ち　田舎町のムーランでお針子として働き始めました

その後芸能界へ進もうと決め　歌手を志してキャバレーなんかで歌う日々

こうした暮らしのなか　当時交際してはった将校に伴われてパリ郊外へ

移り　芸能界への道は断念……

そやけど若い娘さんの感性で退屈しのぎに制作してはった帽子が大好評で

ええデザインやと認められはった

彼の援助で一九〇九年にマルゼルブ大通りで帽子のアトリエを持ち　翌年

には「シャネル・モード」という帽子専門店をパリ市内で開業　続いて

「メゾン・ド・クチュール」をオープン

第一次世界大戦開戦のあと　ジャージー素材を取り入れたドレスが話題を呼ぶ　一九二〇年に会わはった調香師エルネスト・ボーによって生まれたシャネルの香水「No.・5」「No.・22」の発表

一九三九年には従業員四〇〇〇人をかかえる大企業をもつ成功ぶり

ところが労働者側のストライキ　そのあとの第二次世界大戦で　ヒトラーの率いる軍事占領下　スイスのローザンヌでの亡命生活　引退をして黙ってはった

苦節のあとにも彼女のすごいところは　そこで諦めてはらへん

一九五四年にファッション界へカムバック　シャネルスーツの発表　ウーマンリブの大波の中で働く女性に適したモードは　アメリカで熱狂的に受け入れられはった

シャネルは「どうして女は窮屈な服装に耐えなければならないのか」

といつも思ってはりました

動きやすくシンプルなデザインのシャネルの服には「異性に支配される形

ではない　女の体と心を解放しよう」と試みるシャネルの一貫した姿勢が
背後にあるんどす

無一文のお針子さんから出発し　八十七歳でコレクションの準備中に息を
ひきとらはった彼女の瞳を垣間見る思いがして　世情の中での仕事を
とことん感じ入っていました
「二十世紀を変えた女たちのひとり」といわれてはることに　いつも同感し
ています

ペール・ラシェーズ墓地にて

それは　シドニー＝ガブリエル・コレットのお墓どした
畳一畳ほどの茶色の長方形で
地面に平たく置かれた背の低い墓石やったんどす

つるつるとした光沢のある石の上には
何も乗ってまへん　飾り気もあらしません
「皆さん　この上で自由に時間を使っていっておくれやす
お墓まいりなんて　そんなこと考えなくてもええのどす
うちのすべすべとした肌に触る思いで
茶色の広い墓石の上で　お茶を飲んでいかはってもええし
しばらくの間　読書をしはっても良ろしおす
丁度　ひと休みしはるのに

この平たい大きな墓石は適当かも知れまへんえ
ほんまに遠慮しんといておくれやす
自由に　芸術の話なんかをしていかはったらどう」

そんな声が地下から聞こえる貴女の墓碑のもと
一九五四年に八十一歳で生涯を閉じはった作家は
パリを訪れた私たちを招くのどす
二十七歳で『学校のクローディーヌ』を発表しはった後
翌年に『パリのクローディーヌ』を出版されました
あなたの書き様は情熱的で　深い観察力に満ちていることを
ぎょうさんの人が知ってはる
身体をくすぐるような表現や毒気は
読む者の身にざんぐりとしみ込んできます
そやけど　その上になお
新しい挑戦をしてきはるというのは　えらいもんどす

あなたがレジオン・ドヌール・シュヴァリエ賞をもらわはって
国葬が営まれましたことを忘れてはいません
じじむさいことの多い世の中で
かいらしゅうて美人であったあなたは
見事に三回結婚をなさいました
二十歳で十五歳年上の人と結婚しはって
六十二歳で十七歳年下のモーリス・グドケと再々婚をなさり
作品を晩年まで書き続けはった
三度目の結婚生活は幸福であったという実力に　目を見張ります

「性」の解放を叫んではった女史のつぶらな瞳は
二十一世紀の女たちへ
「しんきくさいことにとらわれていないで
思うように生きはったら良い

けったいなことと思われても
びびらんと我が道を歩みよし」と
言ってくれてはる
「あかん　できまへん」とあきらめることこそ
あほくさいと　フランスの空から知らせてくれてはります

ロンドンでの京女

眼下のドーバー海峡は提案した
パリからロンドンへ着いた独り旅に
まず　大英博物館行きを

古代オリエントの展示を
時間をかけて巡り　展示室から出た時
何故か　清々する安心感

大英博物館にて　死は怖くないという声　湧き始め
「霊魂不滅」を信じた古代エジプト人の　招きなのか
ミイラ　石像の中で頷く
人間の死後　魂は不滅だ　と

紀元前十三世紀の王であるラムセス二世像の
何という表情の豊かさ
ふっくらとした若き顔の輪郭
見開いた瞳の深い温和な眼差し
大きな耳は　民の声に自らの耳を傾ける王を表す
手の交差は　死後の再生を願う仕草
冥界の王・オシリス神の仕草を表現し
その手の下で羽をのびやかに広げるのは
ミイラを守る空の女神ナト
二m七〇㎝の高さであるラムセス二世像の前で　私は立ちつくした
当時の平均寿命は三十五歳と知り　短かった人々の寿命に　頭を垂れ……

「ファラオは限りある命を石像に託し　人々の記憶の中で生き続けよう」と
望まはったとのこと

この明るい表情は　今　二十一世紀に眼の前で語る
「ほんまに　死は必ず訪れるのどすさかい
ものすごう重い宿命
命の再生　今の世なら　魂の不滅を願いたい
そやから生きている間に可能な限りの努力をして　人生しんどい事
多いなぁと思わんと　充実した各々の道を歩みましょう」と
晴れやかに言うてくれてはるのどす

紀元前十三世紀からの石像のあたたかい眼差しは
私という一日本人に焼きついて！

ポンペイでの京女

ナポリでは雨が降っていて　せっかくのナポリの海も　よう見えへんのどす
その後　ポンペイの遺跡へ行った時は　雨は止んでいました
春の午後　のんどりとした風景の中　過去の街の通りをどんどん進んでいき
ますと　当時のポンペイの人々の悲鳴が　いやというほど胸をつくのどす
「わたしやったら　どんな格好で死んでいたかしら」なんてことを思って
坂を登って行き
パン屋さんの長年パンを焼いてはった跡地へつきました

「ハイッ」と言って大きなパンを差し出してくれはった
白人の男性がいはるんどす
私は「おおきに」と言って　ほっこりとした気分でそのパンを　もう一度
見つめたんどす

そしたら　そのパン屋さんも　パンもさっと消えていて
千九百年以上も経った遺跡だけが静まりかえっています

一週間前大阪で「ポンペイの栄光」という展覧会を姉と一緒に見ました
びっくりしました　記憶の中で見覚えのある人がいはるんどす
大勢の死体の像の中におられました

大人も子供も動物も　すべて死ぬよりほかに道はなかった
あの天災
「私の分まで生きてえー　働いてえ！　総死となる運命ではなかった寿命の宝を伝えてえ」と　頭と　でぼちんへむかって
激しくそしてしんなりと声が集中するのどす

ゴビ砂漠での京女

ほんまに恐竜の卵の名残りが見つからへんかと
目を思いっきり見開いていたんどす
そしたら　大きな牛の骸骨が全身の形を残したまま　草原の中に
倒れていました

野生の怖い狼に襲われたんやろか　肉は　内臓は？　とお連れの
みんなと話しているそのうちに
「ひろーい空の下で　この牛にはこの形が一番良かったんかしら
目の前の死骸は大地に抱かれ　風雨にさらされ　りんとした感じで
現世を見守るかのような感動を与えてくれる
風化への自然な姿は　せわしないこの時節に人を立ち止まらせ
日本人のわが心に　詩を生ましめるではないかと

ふところのペンを握りしめてしまうのどした

炎暑の日のゴビの颪は　今うちの肩に涼しい感触で吹き　骸骨の
その後が伝わってくるのどす

死海の水中で友・紀子さんは

ジャーナリストの高嶋紀子さんは
今まで七十三ヵ国を訪れた美女
中東・死海での経験を　本人の著書で知る

海中で楽に浮かぶことができるという死海
西側をイスラエル　東側をヨルダンに接する　海抜の最も低い地の塩湖で
浮かぶより先に　水中へ顔をつっ込んでしまったという彼女
「もう　めちゃくちゃ　塩辛うて　ビックリ　ヘトヘト
　なんとか海水から逃れ出た」とのこと
京都に住む紀子さんは　にこやかに振り返る

塩分は一リットルの水に三〇〇グラム含まれていて　生き物は生きていけ

ないから〈死海〉
でも　この海水は美容オイルのような効果がある
六十四種類の天然ミネラルが溶け込んでいて　肌はつるつるとなり
ほっこりとした心もちとなる
皮膚炎　リュウマチの治療に訪れる人々あり

中東やヨーロッパの高級リゾート地になっている死海のまわり
海抜マイナス四二三メートルの地点だけに
酸素濃度が高い　海岸では泥を体に塗りたくって　全身パックの効能となる

「好奇心いっぱいな性分は　うちも同じ
死海へ行って　水着で海中へ入りたいわぁ」
夢の中でしか行けへんのやけど　慣れてはる人たち　のんどりと浮いて
はるやんか
背中を水につけて　気持ち良さそうに浮くには

びびらんと練習しんならんと思うえ

うちなんか京都盆地で生まれて育ってるし
海で泳ぐことに憧れてきたんどす
小さい時は植物園の近くの加茂川で水遊び
子育て時代は　夏休みになると丹後の海行きやった
そやから　勉強仲間と行ってきた全国集会の夏に
富山湾で　日本アルプスを遠くに見ながら遊泳
北九州の津屋崎では　生まれて初めて見る飛魚《とびうお》をながめながら泳いだし
親友と行った関東の九十九里浜では　急に波の具合が知りとうて　海へ
　入ってました
そりゃ　九十九里浜は　丹後の海の穏やかさとは違《ちご》うて　豪快な波で
　忘れられません
海外で国内で　行きたいとこへ行けた世の状勢　ほんまに有難かったんやなぁ

あの恐ろしいアメリカでの同時多発テロが起こって以来　世界のあちこちで
　テロ事件の続発
今は新型コロナウイルスで　地球上の人間はものすごう大事な最中
女一人で取材に会合にさっと行けた過去に感謝して
難儀やなぁ　しんきくさいと思うこと　ぎょーさんあっても
信念をもって歩んで行きましょ

世界での国際会議に出席して　活動してきはった紀子さん
〝ウィミンズ・メッセージズ〟という日英語での冊子を勉強会のみんなと
出して　長年の間　国の内外へ送ってきはったし
講演会でも　こうばいがきく話ぶりで　賛同者は多い
今　シニアの年代にならはっても　はんなりと
「ますます輝く人よ　あなたは」

二　日本文化のもとで

緑茶染

「宇治のお茶の葉で染めた着物を着ると
ほっこりするのどす
新緑の光沢につつまれて
うちは　お茶席へ行かせてもらいます」

「おおきに
お茶色のはんなりとしたお着物は　ええもんどすなぁ
お茶会で　お目にかかれます日を待っております
床の間の掛け軸は
うっとこに前からあるカキツバタの絵
亡くならはったお姑さんが
大切にしてはった初夏の抹茶茶碗で　お茶をたて

お茶色に染まりましょ」

「えらい昔みたいに
まず石臼でお茶の葉っぱを挽いて　粉にしましょ
挽きたての　抹茶の香りの良さ
このせわしない時代に
葉緑素をぎょうさんいただくことを考えましょ
健康にええことどすしなぁ」

金閣寺で

金閣寺のお庭をひとまわりしますと
ちょうど原稿の案が　まとまってくるんどす
この雪の降るのに　家で考えていても　しんきくそうて
またお庭の拝観に来てますんや

見ながら書くというより　歩きながら走り書きしてるんどす
途中で　よい匂いがしてお茶席が　気ぃをひきます
ここでの黙った時間は　何事にも変えられまへんぇ
足利義満の座像が安置された金閣の第一層へ視線をやり
とことんまで　新しい文化の創造に心をくだかはった
　義満さんと　語りあうのどす

原稿の流れのめどがついたところで
金閣を背に　うちは使い古びたカバンをかかえて
〝はよう清書しなあかん　明日は〆切日や〟と
小走りになるのどす
車を置いていた方へ　大人げのう走ってますんや

花嫁

小さい時から　こんな言い回し　よう聞いてましたなぁ　庄太郎さん
「きのう　もろうた花嫁さん　衿もおくみも　よう付けん　そんな
嫁ならいんでくれ」　ていうひとこと　いくつになっても忘れて
まへんぇ

子供ごころにも　なんでそんなこと　女は言われんなんの
と思うてきたんどす
衿もよう付けん花嫁さんは　離婚となって実家へ帰りよし
という訳ですわ

そやけどこれは　生きていくうえでの基礎的教養が要るという
例えどすわなぁ

洋服ではのうて　みんな着物を着て生活してはった昔
自分の着る物ぐらいはそれでええかどうか
判断しはったし　帯かて自分で結ばはりました
封建的なこと言うたらあかん　女性の人格をどう思うてんの？
　と当然言いたくなるんどすけど
実はね　私も京都で生まれ育っているのに
長いこと着物のいろんなことに横むいてました
人任せにしていたんどす
帯も一人でさっさと結べませんでした
着物を見ても洋服のように関心をもたへん状態どした

母が亡くなって　そのあとの主婦業一切をする立場になって
　汗びっしょりどす
親が生きてはった時代に「これを習え　あれを覚えなさい」と
　親心でいわはったことは　やっぱり大切やったんどす

やれ哲学や西洋史やと年中部厚い本を読んで机にむかっていても
　着物の着方ひとつ落第では　ああ　恥ずかし　京女といえますかいな

忙しゅうて　ひっくりかえる思いをしても　習い事増やしてますえ
　必要なこと習いに行って　車のハンドル握る日が多いんどす
身内やうちの娘や孫の着物や袴の着付けなら　あんじょう着崩れ
　しいひんように着付けをさしてもらいます
若嫁時代に「そんなしんきくさいこと」と思うてました分野のこと
　今楽しくピッチを上げて〝お勉強〟じゃん
着物学院の師範科に通ってます

京舞の稽古場で

「ややこしいとこが　ぎょうさんありますさかい
はじめは　ぶさいくな身のこなしでも　最後まできばらなあきまへん

そう　右のおみやを後へひいて　おいどをおとします
次にでぼちんへ扇を近づけて　しんなりと座る姿勢をとるのどす
間奏曲にあたるとこで　ほっこりしているという顔の表情が出るように！
　もう少し視線を落として——

この曲のしめくくりは　春の海を見ている心もちで舞台の下手から上手へ進み
べべの袖を　一気に風にそよがせるあんばいにしましょ」

「先生　うちの娘　お稽古で　あんじょうできてますか

どんくさい子ですさかい」
「よう　きばってはりますえ
何回やり直しを命じても　ごてはることもありまへん
あまちょろい考え方をしてはりませんえ
おあいそを言うてるんやおまへん
来はった時も　いにしなにも
ちゃんと『おおきに』という気持ちで挨拶をしてはる
こうばいがきかはるお嬢さんどす」

コーラス・フェスティバル

きのうは　名古屋まで行ってたんどす
日本歌曲振興会主催の「第十一回ニュー・ウェイヴ　コーラス・フェスティヴァル」を聴きによせてもらいました
詩人の西岡光秋さんが　この会の副会長をしてはって　こないだの岡山での日本詩人クラブの会の時
コーラス・フェスティバルのお知らせをすると言うて下さってたんどす
招待券を郵送してくれはりましたさかい　先月から名古屋行きを決めてました
三十年前に出した私の詩集から　何《なん》にも曲になるなんて思うてへんかったのに
東京の作曲家が五編も作曲しはって　女声合唱組曲が一九七〇年代から次々と生まれてたんどす
東京でうちの詩による合唱組曲が何回も演奏されてるうちに　曲も生まれた以上は　あんじょう歩んでねと思うようになりました

七年前には　京都のことを書いたわたしの詩を　今度はソプラノ歌曲に作曲
してもろうて　声楽の先生に歌ってもらい　京都でリサイタルをして
発表をすませました
そんなんで今の世の中　どんな詩がどのように作曲されて　どういう風に
公表してはるのか　関心があります

やっぱり　地元での用事がてんこ盛りたまっていても　はんなりとした時間を
もつことは大切どすなぁ
二時間ほどの間注目の曲ばっかり続きました　詩人の作らはった詩が作曲
されていて　ものすごう活躍してはる指揮者のもとで合唱団が練習に明け
暮れはった後の発表どす
詩の一行一行のひびき　作曲された曲の個性　ふくらみ　それを歌わはる
合唱団の微妙な表現
ややこしいことを考える前に　詩作　作曲　合唱団の歌唱が　すごく意気投合
してはって　その情熱が聴く側を圧倒するのどすなぁ

詩人仲間での先輩　西岡光秋氏の詩は　女性三部合唱曲となり発表されました
「あじさいの雨」「雪のこころ」「夕焼けにさそわれて」という詩を
作曲家で　ピアニストの朝岡真木子さんが作曲しはって　聴きに行った
甲斐がありました
「雪のこころ」の出だしの　何とユニークな旋律　強弱の妙　詩のもつ叙情
清々しさの広がり

うちは思うたんどす
「わたしって　今までいつも雪を見てきたのに
雪がすきやのに　難儀やなぁ
自分らしい雪の詩も　そう書いてへん
ほんまに人様に学ばなあかん」と反省してたんどすえ
コンサートが終わってから　西岡光秋さんは作曲しはった朝岡真木子さんを
紹介して下さいました

若うて美人　べっぴんさんの作曲家と少し言葉を交わしてた時
「私も良い詩を探しているんです」と言うてはりました
京都の身近なことも曲となって発表されたんどす
たとえば〝一条戻り橋〟という詩が作曲されていて　ソプラノ　メゾソプラノ
アルトの女声で　こういう盛り上がりで進む　と曲は心にしみこみました
江間章子　金子みすゞ　の詩も作曲されていて聴きました
「死んでからも　ますます人の心をうつ詩　曲」というものを
かみしめてました
あまちょろい詩の提出をしんと　でぼちんにハチマキでも巻いて
よう考えての詩作をさしてもらいましょ

桜構想

きのう　法事で田舎へ帰りましたんや
のんどりとした風景の中で隣の家の人との話も弾んだんどす
平安時代からの村の歴史や　この頃のことまで話は尽きませんどした

うちの孫が小学校の一年生になった時　思い立って　入学記念に　桜の
　木を私と主人は四本植えたんどす
田舎の家の母屋と土蔵と離れを見渡せる日当たりのええ田んぼの畔に
　ぶさいくでない感覚で　八重桜の苗木を四本植えました
そやけど　しっかりと根付いたのは　そのなかの一本だけ
しだれ桜を植えて見事な花を咲かせてはるお隣の御主人が言わはるには
「お宅の道路に面したあのええ田んぼも　今は休耕田どす
広いあの田に桜をぎょうさん植えて　回遊式庭園を造らはったらええと

思いますえ
桜は　土が固《かと》うなっていて小石なんかの多い地層の畔や　土手に植えても
あきまへん
前に稲を作ってはったとこに植えはったら良い
そしたら土がやわらかいから　根は下へ伸びていって育ちます
この辺では　五月の連休の頃に山桜が咲きますわな
遅咲きの桜で　雪に強うて　寒い地方で育っている桜となってきますな

奥さんが選ばはった桜の苗木は　小さすぎたんどす
大人の背ぐらいに伸びて　幹も丈夫に育った苗木を植えて　夏には消毒を
してあげなあかん
虫がつきやすいのも桜どすわ
そして鹿が　葉っぱを食べへんように　網で囲いをしとくことどす」

「今からでも桜を育てようと思うてます　子や孫や　地域のみんなに

喜んでもらえるほっこりとできる　景色のええとこになりますし」
そやけど　紫外線を浴びることに　びびったらあかんのどす
はんなりとした将来の好みの場所を作ろうかと思うたら
じじむさい格好をしてでも　てんこもりの作業をすることどす
手間をかけへんちゅう考えでは育ちまへん

実母の介護

三ヵ月前までは　私に電話をしてくれてはったのに
百歳の実母は　このところ寝たきりに……
寒い日が続いた頃　肺炎にならはって
急遽入院をしてもろたんどす
あの時　「入院するのは嫌や」言うて　ごてではったら
命も危なくなってしもうたんやと　家族は思うてます

病院へ行かはって一週間後には　退院をしてもええというあんばいにならはった
退院しはる日が近づいた頃　介護についての大事な話し合いを身内でしたんどす
二十四時間　家で世話をするためには　どういう体制で介護をするのか　ぎょうさんの課題があります
毎日朝八時半に母の自宅へ　ヘルパーに来てもらい　ヘルパーさんが帰らはってからの時間　家族と実の娘三人が当番を決めて　介護に当たることにしました

実子である三姉妹は　みんな六十を超してます
自分の世帯と　自らの健康を気づかうことは大事どすし
特にうちの場合は　お勤めがあって　そのうえ介護の分担どす
一人が過労で倒れたら　もうローテーションの歯車が　けったいな事になります
しんどうなって自分がへこたれたらあかん　と思いますやん
体調をいつも良うしとくことに本気になって
仕事も順調にいくようにして　確実に任務は進めなあきまへん
介護に当たる日は　勤務先から母のベッドまで　直行してます
「お母さん　お腹へらはった？」と聞き
「ソノちゃんか」と　か細い声で言わはると一安心
おむつの取り替えに入ります
大便が出てる時なんか　ものすごう清潔にしときたいし　時間が要ってもびびらずに
　手順を守って取り替えます
すっきりとした気分になってもろうたとこで　次の御飯どす

いまのところは流動食どす　一口ずつスプーンで食べてもらいます
「おいしい」「これは何？」「お魚か」などと　味わいながら言わはるので
聞こえやすいように大きめの声を出して答えます

いつも「ありがとう」と言うて　喜んでくれはるんどす
なんどりとした時間を過ごしてますと「忙しい時間やったら　早よう帰って
自分の用事をして」と気を使うてくれはるんどす
食後は　赤ん坊と同じ　母はひとしきり眠ってます
目覚めはったとき「今　何時？」と小さい声で聞かはる時がある
そしておむつを　決まった時間に　また替えて
じぶんどきになると　夕食を食べてもらいます
デザートに甘いもの少しを食べはるが　楽しみというあんばいです　おむつ交換と
寝姿の体位変更は必要に応じて致します
会話を少しして　夜の九時におしめの交換をします　朝　ヘルパーさんが来られ

るまでの手回しをちゃんとして　同居の身内に頼み　うちは隣家である自分の
家に帰ります
台所での用を済ませ　私の書斎で　それから机に向かって至急の事を片付けます

祖母は九十四歳　本家である実母の姉は九十二歳で寿命を閉じ　本家の後継者
である私は　介護の責任を勿論はたしました
〝人生わずか五十年〟という御詠歌の中に出てくる語句を　思い出します
今や九十や百歳まで生きられることもあるこの時代に　頭をさげています
「おおきに」と医学の進歩に感謝してます
母が長い間趣味で書いてきた短歌を　一冊の小さな本にすると私は決めました
「歌集は作らへん」と母は元気なときから言うてましたが　うちが「必ず作る！」
と言うと喜んでます
百歳の最近まで短歌を作り　昔は洋裁もようしはった曾孫の増えた京の女は
少しずつ細い体になって35kgどす

祇園の店で ―― 風呂敷

一月六日
今年の仕事始めの日やったし　祇園の新春風景を見てこようと思うて
　出かけたんどす

ほとんどの家は　しっかりと門を閉じてはって　しーんとしてます
道路に面した表のところに　門松をすくっと立て
お茶屋さんかて　表戸には鍵がかかってる様子どす
花見小路へ出る手前の道すじに　風呂敷ばっかり売ってる店がありました
はんなりとした色合いの大小の模様が目をひきます
思わず足を止めました

しんなりとした飾りつけの入口から店の中へ入りますと　心なごむ和の世界

風呂敷で手さげかばんを作れば　こんなに便利で使いやすいと
その作り方を教えてくれはるコーナーもあるんどす

ぎょーさんの品物を前に　ほっこりとして立ち止まってたら
落ち着いた物腰の初老のご夫妻が店へ来はった
丁寧な品選びのあと
「この風呂敷を四十箱欲しい　九州の住所へ送って下さい」
　と店の人に言うてはる
夫妻は注文を終えて店外へ
新春に京都へ来てくれてはるんやなぁ
京都で生まれ育っていても　うちは今までこういうお店へ来たことが
　なかったたなぁ

一週間後　仕事がオフになった時間に　その店へ飛んでいく
まず「一番大きい風呂敷で　かばん代りになるものを作ります　作り方を

教えておくれやす
肩からかけて　ショルダーバッグみたいにして　東京行きの時　本を持ち運びしたいんどす」
「ざんぐりとした風合で　強い布地どすし　べべを着てはる時にも　似合いますえ
風呂敷はいろんな事に使えますし　風呂敷研究会へ来はる人も多いどすなぁ
ほな来週の研究会の日に来はりますか」

京都生まれのシンガーソング・ライター

長身で端正な容貌
夜のライブハウスで歌われる一曲一曲は
十七歳からの作曲の持続が　底流にある
わが娘と同じ年齢　中歳生まれの若者が
何を書いて　どう歌っているのか

かつての教え子たちも同じ世代
実社会で　どのような面持ちで働いているのか
南座から少し北東へ進んだ所　祇園でのライブの夜
開始時間前に約束どおり手渡すことになっていた詩集　著書
彼は両手で受け取り
拙著を何冊も抱えて楽屋に消えた

二〇一一年　京都の街で
澄んだ正視する瞳が　うなずいた
「作曲の約束　果たします」と

〝あんじょう出会えた気さくなシンガーソング・ライターやさかい
うちは何ヵ月も前から　びびらんと愉快に話し合ってきたんやわ
けったいな恰好をしてはる若者が多い時世
なんでかしらんが「この人」と思うた
ぎょうさんの自分の詩を渡してしもうたけど
これだけファンの心をつかんではる　気ばたらきのできる人に
影響されてるんやわ〟

シンガーソング・ライターは舞台出演やラジオでの放送
ライブ実施のスケジュールを毎月送り
京都テレビで放映の「紅白歌合戦」に出た日

「山下忠彦　がんばれ！」と思わず緊張
テレビに見入った

こんな息子がいたら　うちはあまちょろい勉強の仕方なんて
　そりゃあできないなあ
力いっぱい働き続け　実績を積み上げる彼の真摯な前進
「元気があれば　何でもできるぅ」の歌声　わが胸内と同じ
京都を大事にしている同志の表現
ＣＤでいつも彼の歌を聞いて　しんなりとリフレッシュしてるんどす

後継者の立場

親が亡くなりましてから　十八年になるんどす
長い年月「立場」というものがありますと
しんきくさい事も気を長うもって　難儀やなぁ　と思わんようにしていますす
昨日も今日も明日も　実は本家の相続人である私は　ぎょーさんのことに
　気を使うていて――
都会に住んでいても　田舎の先祖の時からの事を受け継いでいる立場やし
自分のやりたい事が出けへんというめぐり合わせ　なんぼでもありました

江戸時代の終わりの年に生まれはった祖父の明治　大正　昭和の初期までの
　足跡　大正から昭和期への父母の確実な運営と社会での実行
地元の京都で懸命に努めてきました私も　今は　〝楽隠居をしてたらええ〟
　という年齢になってるんどすえ

そやけど「一五〇年先を見越した山の手入れや森林管理をしておいて下さい」
と　森林組合の方からも頼まれてます
この頃の労働力と人件費　昔とは大違い
所有者は頭を低く　地道に歩んでます
自然保護の理想を考えると　きりがありません

一五〇年先は　勿論わたし生きてまへんえ
直系尊属のものの後継者は　直系卑属にバトンタッチするのが普通どすが
未来のことを子孫に無理強いしてもあきまへん
生きる者の人格　人権は尊重するのが当然どす
その中で一本筋を通してアイデンティティーを伝えておくのが大切　これも
ロマンの一つかな
地場産業の基礎を苦心して作った先祖の志を　京都北部の郷里に貢献した年
月を　これからの先ず《ま》は　一五〇年先へ望ましゅうつなげていくことが
できるようにと　思うのどす

親子五世代の世話をしてきました

0歳から百歳までの世話を　できました
祖母　父　母　夫　子供たち　孫たちと五世代の用事をして　この年に
なったんどすぇ
しんどうて嫌なことやと思うどころか　人間そのものの勉強で　そやし
元気に暮らしてきたみたい

実母は百歳で死なはったんどす
ほんまに老衰どしたな
こぜわしいことは言わはらへん人で
死ぬ前まで短歌づくりに熱心　やさしい気性どした
祖母は九十四歳で亡くならはったんどすけど　肝っ玉母さんみたいな
タイプで　ものすごう働かはった

祖父を支えて　見事な判断力のある明治十四年生まれの女性どしたなぁ
村史に祖父母たちの貢献は鮮明に残り　今も身近で
京都北部の祖父母　父母の実績を
私は受けつぐ立場——

うちと妹の幼い時　祖母の乳房が柔らこうて　大きかったので　よう
　吸いついて遊んでました
おばあさんはにこにことしてはったんで　お乳の乳首にお砂糖を付けて
　ちゅうちゅうと吸いついていました
その乳首に「ポロン」という名前をつけました
実母を生んだ女のおっぱいどす

祖母は田舎の家を閉めて　便利な新築の街の私の家で最期を迎えました
家の相続人である私は忙しい日々どした
四世代の毎日の食事は私がつくり　九十代になった祖母は曾孫（私の子供たち）

と遊んで楽しそうでした
プロレスの力道山が活躍してはった時代で　コーヒー牛乳を好み
プロレスの実況をよう見てはりました
私の次女が四歳の時に　老衰で亡くなりましたが　幼い子供たちから
生命力をもらってはった
九十代になっても針仕事をしたり　ご詠歌の本を読んではりましたなぁ

九十二歳で他界しました本家の責任者（実母の姉）は子供が生まれなかった
ので　私を家の後つぎとしている
一緒にご飯を食べてました時　「もう噛む力も無くなったわ」と弱い声で
言わはった
人間　どんな大活躍をした人も老いていく……
地球上のあらゆる命あるものの　もつ運命
喜・怒・哀・楽　現世でのドラマを一瞬でも貴重だと思いましょ

わが子の成育　結婚　孫の誕生
親子五代の世話をできた縁を　血流の栄養に
寿命のある限り　びびらんと学び　志をもって活動していきましょ

ややこしい事が多い世の中やし　時にはのんびりとした時間をもって
　うつくしい自然や芸術作品に触れ
はんなりとした色に触れ深い想いを抱き　過ごしていきたい
気しんどな事やおまへんえ　苦労は薬に転じますえ
生まれた京都で　でぼちんに汗かいて　仕事に精出しまひょ

海と国と未来の空へ ── 坂本龍馬は

「今一度　日本を洗濯致し申し候事に」と　国のために大活躍をしはった
坂本龍馬さん
三十三歳で刺客に殺されはっても　その遺徳を偲ぶ人は　増えるばっかり

部屋にぎょうさん積んである本を手にしているんどすけど　今読み込んでいるのは
『坂本龍馬に学ぶ』＊などの本どす
冬のものすごう寒い日　夏の最中　坂本龍馬ゆかりの史跡を訪ね　ガイドをして
くれはる人と一緒に歩いての研究日をもってます
あんじょう都合がつきましたら　龍馬さんの墓前で考え事の整理をしだす時も
ありおます
せわしない一日が終わって　ほっこりする時間に　坂本龍馬の本を読んでますと
時間が経つのもつい忘れてしもぉて──

いつも日本全体を視野に置いてはった龍馬さん
幕末からの混沌とした中で
身分制でしばられていたタテ社会から　ヨコ社会へ！
一八六六年・慶応二年に薩長同盟を成立させ
大政奉還をおし進めてはった偉業
組織して海を渡っての交易
海をみて育った男は　海援隊の活動を率いて
国の未来を見据えてはった
一八六七年に後藤象二郎と一緒に　海路京都へ来はった船中　政権の朝廷への
返上　憲法の制定　両院の設置など新しい日本の進むべき道を明らかに
してはりました
「船中八策」に満ちる共和制へのプログラム　夢に　胸を打たれます
〈悲運〉と言うのどすなぁ

その年の十一月に　京都の寄宿先　近江屋の二階で　同志の中岡慎太郎
見張り役の藤吉とともに突然の刺客に襲われ　他界しはった

東山の霊山護国神社の墓地に眠ってはる龍馬さんの前で　深々と頭を下げたあと
すぐ近くの霊山歴史館で　生前の坂本龍馬そっくりに作られたという龍馬像の
そばへ行きますとね
彼の手の産毛まで一本一本生きてはる人と同じように生えていて　姿は生前の
ままの感じどす
思わず「かんにんえ　難儀やなぁと言わんといて」と心の中で固い握手をして
歴史の回転を　全身に浴びるんどす
こんな時
しんどい弱気な心は　勇気を出そうとよみがえりますえ

＊『坂本龍馬に学ぶ』童門冬二著（二〇〇九年　新人物往来社）

三　御所ことばで

御所の近くで

タイムスリップの街　御所の近くで暮らしています。
「今は京都にオカミガタが　ごあしゃりません」と
オトシメシがヤーに申しておりました日
オモーサンとオタタサンが　オミカオをコナタの方へ
向けて話されました
「オッショサンがごあしゃります。コナタはアカノオ
バンを焚いて　会がオスルスルト済みましゃりまし
たので　オチカジカシュー　オバンをあがらシャッ
テいただきます。」
「宝鏡寺さんもゴアシャリましてござります」と
オソバサンが申し　アカノオバン　ヤワヤワ　カチン

（注）
オカミガタ（宮様方）
オトシメシ（老人）
ヤー（物売り）
オモーサン（父君）
オタタサン（母君）
オミカオ（顔）
コナタ（当方）
オッショサン（お師匠さん）
アカノオバン（小豆ごはん）
オスルスルト（ご無事に）
オチカジカシュー（親密に）
オバン（ご飯）
〜シャル（中間尊敬助動詞）
オソバサン
（主上の身のまわりのお世
話をする女官）
ヤワヤワ（ぼた餅）
カチン（餅）
パラノスモジ（ばら寿司）
エモジ（海老）
カズカズ（数の子）

バラノスモジが用意されました　エモジ　カズカズ
ウ　タケ　ヤヤイモなどもコシラエラレました
「オモーサンはシロムシにジュンサイを浮かし　白豆
と結びカンピョウをシタタメたのがお好きさんです」
と　コナタは申し　準備しアゲルのでした

オーハレの宴のあとオタタサマは「オイボイシイこ
とで　お加減もさだめし不加減なことでござりまし
たでしょう」と　オイトシイほど謙遜をしてらっ
しゃいます。わたしはツムリが痛うなりまして
思わずオミヤを手にオネメシのある方へ行きました。

ウ（鰻）
タケ（筍）
ヤヤイモ（小芋）
コシラエル（買う）
シロムシ（白味噌）
シタタメル（煮る）
オスキサン（好物）
〜アゲル（〜してあげる）
オーハレ
（大変喜ばれ役立つこと）
オイポイシイ（粗末な）
オイトシイ（気の毒）
ツムリ（頭）
オミヤ（土産物）
オネメシ（寝間着）

きゃもじなおめしもの

くらびらきも過ぎ　ふたふたとした気持ちではなく
およしよしな用事が　胸をよぎります
おさびさびなことになりますが　あもじがかたづく
　ことになりました
おひしひしな祝宴の日程は決まっており　準備は
　進んでいます
いたのものおめし　うぐいす　おうえはかし
おひとえ　おあいじろなども揃い　あもじのおす
きな時に　見せていただきました
ながさおの中には　むもの　おもじ　おなかのおめし
おやわらかなるもののおまおもじ　おひわた

（注）
きゃもじな（きれいな・華奢な）
おめしもの（着物）
くらびらき
（尼門跡《あまもんぜき》では一月十一日に、
　はじめて蔵を開く行事）
ふたふた（落ち着かない）
およしよし（よいこと）
おさびさび（さびしい）
あもじ（姉）
かたづく（嫁入りをする）
おひしひしな（盛大な）
いたのもの（どんす・繻珍《しゅちん》の類）
おめし（呉服）
うぐいす（袷の小袖）
おうえはかし（上着）
おひとえ（ひとえもの）
おあいじろ
（お間白は白繻子《じゅす》に紅絹裏《もみうら》を
　つけた衣装）
おすき（お暇）　ながさお（長持）
むもの（模様なしの着物）
おもじ（帯）　おなか（綿）
おやわらかなるもの（絹物）
おまおもじ（お間で用いる帯）
おひわた（ひわだ色の着物）

おなかひよ　みじかひよが何枚も入っています
おすましができやすいおみかけのそばには　おまおもじ　よるのもの　おいまきなどがありまして
おひろしきは　花やかな状態です
めゆいのおめしを手に取り「きゃもじなおめし」と
うっとりと見つめていました

おあかりも揃えられ　おみつあしの形もあもじの
好みとせんもじ様の好みに合わせてございました
なかつぼからつぼねぐちの方へ　つもじが飛んできて
しんみょう達も　ひもじも　いとぼいつもじに
ごきじょうさんなおみかお　小鳥も　はやばやと
お祝いに来た様子です

おなかひよ（長襦袢）
みじかひよ（半襦袢）
おすまし（衣類などを洗うこと）
おみかけ（浴衣）
よるのもの（夜着）
おいまき（女子の腰巻）
おひろしき（広座敷）
めゆい（鹿の子染）
おあかり
（燈火具、燈明またはあんどん）
おみつあし（三脚燭台）
せんもじ（先方）
なかつぼ（中庭）
つぼねぐち
（局口は女官、女中の出入口）
つもじ（つぐみ）
しんみょう
（針女・女官の御局における
上級の女中）
ひもじ（姫）
いとぼい（かわいい）
ごきじょうさん
（御機嫌様、ご気丈さんは高級
女官や尼門跡に使う）
おみかお（お顔）

おめもじ

なかつぼに面したおまで　おしまつきの上におふでを載せて　おすずりを運びました
しんじられものがありましたので　おはやばやとお礼の文を書き　くもじながら感謝の気持ちを伝えました

ここもとは　きびしいおっしょさんのもとで習い事をしていますので　ふでやとうことはできません
しゅくしんの日に　ゆめがましい会話をしてふたふたと落ちつかない様子は　はもじな事ですので日頃より御所様や皆様におめもじの時には　きょくんなことにならないよう心得ております

（注）
なかつぼ（中庭）
おま（部屋）
おしまつき（机）
おふで（筆）
おすずり（硯）
しんじられもの（贈与品）
おはやばや（早くに）
くもじながら（恐れながら）
ここもと（私方）
おっしょさん（お師匠さん）
ふでやとう
（筆雇う・代筆してもらう）
しゅくしん
（元日・毎月ついたちと天皇誕生日に禅寺などで聖寿の無窮を祈ってする法要）
ゆめがましい
（ほとんど価値のない）
ふたふた（落ち着かない様）
はもじ（恥ずかしいこと）
おめもじ（面会）

おわしゃった方々におとぎをする時間には　今参りにもお役目を託しておき　おひろいも静かにし

おめしを　よく考えて決めます

くこんや　あまくこん　こわくご　すもじなどをめしあがっていただく日があります

そしてお裏様《さん》やお裏君様《さん》たちとのおみおおいの中で

こちの事は　おもなしな話は避け　おちかちかしく思う気持ちで　笑顔になっていることが多《おお》うございます

きょくんなこと（驚くこと）
おわしゃった（お出《いで》になった）
おとぎ（相手をすること）
今参り（新しく奉仕した女官）
おひろい（歩く）
おめし（着物）
くこん（酒）
あまくこん（甘酒）
こわくご（赤飯）
すもじ（鮨・鮒ずし）
お裏様
（武家から降嫁《こうか》の室、清華《せいが》）
お裏君様（子息・子女）
おみおおい（お見合わせ）
こち（こちら）
おもなし（面白くない）
おちかちかしい（親密な）

京都御所の蛤御門

蛤御門は耐え続けた
突然攻め込まれた瞬間から
門の重量　倍となり
戦の弾丸を受けながら　頑丈な構えの底力

時は天治元年七月十九日
烏丸通りに面して建つ木造の　悲痛な声
西側から　はるかな東へ
ひた走る　守りの大声

「御所様　皆様方
外へおいであそばされては危険です！

（注）
御所様
（天皇・上皇・法皇をはじめ、
宮内跡にもいう）
おいであそばす
（外出・訪問にいう尊敬語）
あそばされる
（「する」の最高敬語に使う）
きょくんな事（驚くこと）
おいとしい（気の毒な）
おおぎょ
（大清。陛下の食物、品物など）
おきよどころ
（御清所。御料の調理所）
お装束（袍・束帯用の上衣）
おじよう（寝具）
きょうがる（驚く）
おするすると（ご無事に）

お侍衆《さぶらいしゅう》は　きょくんな事で大変です
おいとしい事にならないよう　守ります

おおぎょは　おきよどころで準備中です
お装束やおじようを　そのままにしておいて
きょうがる方々の中　おするするとあそばして下さいっ」

朝廷に強訴にきた長州藩と　守護職の会津・薩摩の藩兵との衝突
御所内に被害はなかったが
打ち込まれた弾丸の跡　残ったまま

戦で三万八千余の民家が焼けてしまった過去をもつ街に住み
通い慣れた母校の近く
蛤御門のそばを通ると　〈蛤御門の変〉　仁王立ち

大聖寺にて

娘時代に習っていた茶道
京都の古寺　名刹で　絶えずお茶会に出席してきた
茶室　茶道具の歳月を経た発光
今　わが身を動かし
私は居る　大聖寺のお茶室に

母校のすぐ近く
白壁の奥に静まる足利義満が建てた大聖寺・臨済宗の尼門跡寺院で
茶道の教えにつつまれる
耳をすますと　東山三十六峰を背にそよぐ風
新年の挨拶を共に振り返ろうと　優しい声
大聖寺の〝ゴゼンへの新年のご祝儀申入れ〟

一老……新年のご祝儀申し入れます。ご機嫌よう。ご超歳〔越年〕を遊ばしまして、おめでとう、お悦び申し入れます。

昨年は一方なりませぬご懇命〔「お陰さん」とも〕をこうむりましてありがとう。なおまた本年も相変わりませず、よろしゅう、願いあげます。

ゴゼン……新年おめでとう。みんなも揃うて気丈に〔「達者で」「無事で」「元気で」の意〕新年のご用ども、ご苦労さん。旧年中はいろいろお世話になりまして、なおもまた相変わらずよろしゅう。ご丁寧に、一統《いっとう》からで祝儀、また幾久しゅう。おめでとう。

と　過ぎし日に述べられた挨拶床《ゆか》しく残り

わが寿命　昔へ進む　床の間の季節の花は　見守り一輪

〈注〉

井之口有一・堀井令似知／著『御所ことば（生活文化史選書）』参照

大聖寺門におけるお正月の申入れは、元旦の朝のお勤めが終わり、お雑煮を祝ったあと、十時頃に正装して行われる。

ゴゼン（門跡・開祖の法統を継いでいる寺、僧）　一老（ゴゼンに仕える尼僧たちの筆頭）

『紫式部日記』と過ごす

令和三年二月二十四日　紫式部墓所へ詣で
今　帰宅致しました
昨年の三月には　でき上がりました九冊目の著書を手に　同じ墓所に参り
　本が新しく生まれましたと報告
果物　お菓子と共に　拙著を供えさせていただきました
北山から流れ下る鴨川　山紫水明な風景と評される表紙の当書は
『紫式部の肩に触れ』という詩集です

千年以上を経ても変わらない山容　この京都盆地で生育しました私の血流には
同じ山容を見て過ごされました京都の先人たちと　つい心底の想いを
語り合うのです

「紫式部様　いま世の中は　新型コロナウイルスの蔓延で　非常事態と
なっています

通常の行事や会合も中止せざるを得ないこの頃
偉大な作品を残されましたお心を仰ぎたいのです
コロナ禍のいたましさをのり越えようとしている孫をもつ私
『源氏物語』をどのようなお気持ちでその帖をお書きになったのかを知りたくて　学びたくて
『紫式部日記』の一字一句に　触れているのです」

〝年暮れてわがよふけゆく風の音に心のうちのすさまじきかなとぞひとりごたれし〟の行は〝年が暮れ、わが齢も老いてゆくが、吹き抜ける夜更けの風の音に包まれているいま、心の内は、何とも荒涼としていることだ、とおのずとひとりごとが出てしまった。〟と記される紫式部様

わが齢も老いてゆくがという避けられない事実のもとで　過ぎ行く時間は
貴殿に　そして私にも　ものを書かせるのですね
人生の終わりへ近づいていく心境は同じ……身にしみます

藤原道長の『御堂関白記』と

『源氏物語』『紫式部日記』に向き合っていますと
ひとりでに『御堂関白記』を　今すぐ繙《ひもと》きたくなるのです

藤原道長殿　よくぞ長徳四（九九八）年から日記を記して下さいました
長徳四年の自筆本と古写本を目の前にして
最初からの一文字一文字に　吸い込まれているのです

平安時代の当時を知ろうとすれば『御堂関白記』の深さへ向かわずして
　分かりません　当時の有様が！
寛弘八（一〇一一）年の一条天皇崩御・葬送／三条天皇即位　の頃の何と
　リアルな文面　〝五月二十二日　一条は病に倒れた（『日本紀略』『御堂関白記』
『権記』）。道長はこれを奇貨とし、早くも二十五日には譲位工作をした

（『御堂関白記』）。〟と改めて知るのです

天才的な政治家と言われた藤原道長

〝『御堂関白記』には『御堂関白記』独特の面白さがある。また『御堂関白記』を記した藤原道長自体、日本史上でめったにないほど、面白い人物である〟

二〇一三年六月十九日に開かれたユネスコの国際諮問委員会で、正式に「世界の記憶」に登録された『御堂関白記』

〝当書は日本政府からはじめて国際連合教育科学文化機関（ユネスコ）の三大遺産事業の一つである「世界の記憶」に推薦された〟と倉本一宏氏の著書で改めて知る

書かれた時から一〇一五年を経て　ユネスコの「世界の記憶」に登録された『御堂関白記』よ

当書の研究に邁進された倉本一宏氏の現代語訳は広がる　過去の時間

脈々と

長徳元（九九五）年

五月十一日。内覧宣旨　訳・内覧宣旨《ないらんせんじ》を賜った。（後略）

六月十九日　甲午。任大臣大饗　訳・大臣に任じられた。

また、任大臣大饗を行うため、朱器台盤を持参してきた。

との九九五年から始まる記の月日を熱く胸に刻み

『藤原道長「御堂関白記」を読む』（倉本一宏著）にのめり込む

平安時代の事実と共に　私は呼吸する

古人の生涯が今も鮮明な　この京都盆地の土を踏み ――

祇園祭のお稚児さん　義父六歳の夏

夫の父は　幼少の頃の瞳に戻ってきた
一一五年前の席に
祇園祭の稚児役で乗った鉾の正面に
町衆　見物客に見つめられる大役の身となって

「しんどくても　耐えることだ
重い衣装を身に付け　人形のように化粧され
何故か期待されている
僕は我慢するのみ」

鉾の正面で役をこなした少年は　やがて父親となり
その人の次男は二十七歳で結婚　その妻は書く　聞く　大昔からの心音を

「お義父さん　山鉾の巡行の時
ものすごう　しんどかったんとちがいますか
暑い七月の日　辛抱強う耐えてはったさかい
お祭のたんびに　けったいな気分にならはったら　あきまへんえ
巡行の日の注目の的やったんは　やっぱり
びびらんとものをしはる質《たち》につながったんどすえ
長刀鉾《なぎなたほこ》以外は　今　みーんなお稚児さんは　お人形どす
百年前って　もう幻のことになりそうどすね」

毬つき唄が招く

七十年前に　毬をつきながら
歌っていた唄　無意識に口からこぼれ
広がる　続く　リズミカルに

「一匁のいん助さん　いの字が嫌いで　一万一千一百石
　一斗一斗一斗まのお蔵に納めて　二匁に渡した
二匁のにん助さん　にの字が嫌いで　二万二千二百石
　二斗二斗二斗まのお蔵に納めて　三匁に渡した
三匁のさん助さん　さの字が嫌いで　三万三千三百石
　三斗三斗三斗まのお蔵に納めて　四匁に渡した……」
素早く体を一回転させるのは「わーたしたぁ」と歌う時

右の掌は　過去の時間を鮮やかに描く
小学校時代の友達を次々と　招き出す

その友達の中の一人　美代ちゃんが七十代で突然天国へ――
「美代ちゃーん　一緒に毬つきをした日　冷たい川で一緒に泳いだ夏
　思い出してばっかりえ
毬つきをしてよう遊んだ母屋の石畳　すき間から雑草が生えてきて
　難儀やなぁ
軒忍《のきしのぶ》なんか古い民家によう生えてたけど　うっとこの玄関先の石畳には
いろんな雑草が生えてきて　田舎へ帰った時は重労働やんか
四つん這いになって雑草を取り払って　自然の生命力にへとへとに
なってんのや
爪の先がささけて　さらのゴム手袋はいてもあかんわ
やつしてええ着物着る時があっても　明治時代に建った家のお守りって
しんどいなぁ

そのかわり　石や木というもんより分かってきたえ　日本の昔からの
民家のええ点　ほんまにぎょうさんある　表庭から裏庭へ風が通って
木や草花を見て　みんなはほっこりとできるやんか

毬つきも　隠れんぼ　ままごともできた表庭のあたり　いっぱい頭に
甦るんえ
忘れてた子供の頃歌った唄まで思い出して
常は空家になってても　やっぱりわが家やなぁ
美代ちゃん　春休みに娘と孫が里帰りで来ますし　小学生の孫と毬つき
を楽しみます
忘れていた毬つき　体を動かしてリズム感を感じて　体の老化を
ちょっとでも防ぐはず！」

演じ舞う時　卒都婆小町

百歳に及んだ老女になりきって
みすぼらしい姿で登場するシテ
女笠をかぶり　杖　老女扇を手に
道ばたの路傍の卒都婆に腰かけていると
二人の高野聖が通りかかる
卒都婆は仏体の化身だから立ち退かせようとすると
反対に老女は仏の教えを説く
僧をやりこめる　ついに高野聖は地に頭をつけて降参

当然わが年齢は百歳ではない
が　かつての小野小町の百歳を演じるこの妙味
仮想の世界を　現身《うつしみ》がさまよう

この心境で　分かりたい　さぐる〈生きる意味を〉

後半の場で　昔の日々　美女にたちかえるとの設定
狂乱状態になって舞う五体から
悲しい　はなやかな

歌詠まずして心納まらない女人となったわが胸の小野小町
七十代の令和の時代に生きる全身は
この世で　少しでも古典芸能の世界を伝え得るかと
能舞台の床に問う

静御前になりきって

義経の子を宿して　なお別れなければならない運命
〝しずやしず　しずのおだまき　くり返し〟
舞う身は　宙《そら》への悲痛な涙の使者を生む

生まれたわが子が男児であったなら
鎌倉の海へ捨てると言われたとおり
海のもくずとなった愛し子よ
「そなたの母さんと義経は　永遠にそなたと共に居るのです
母・静はこの両手で　いつもそなたを抱きしめて生きてゆきます」と
むせび　震える　四季の浜

子をもつ母・私の　全身からの声
幾時代を経ようとも
波間に届いていくのです

競演　北米のダンスカンパニーと

タイのバンコクにて
世界詩人会議を行った年
念のためにと　夏の最中で五枚の和服を持参していた
開会式の朝　旧知の北米の詩人は　目の前に座り真剣に言う
「明日のダンス発表の時間に　是非参加してほしい」と英語での招きが続く
六十年の伝統あるダンスカンパニーを率いているその詩人は　ダンサー
であり母親は歌手　夫君はダンスカンパニーのプロデューサーで詩人
発表が始まり「有名な舞踊家です」と司会者が紹介したので「これは
困った！　とんでもないっ」と急な気疲れを捨て

ステージへ
世界の人々と　著名な国籍の異なる詩人たちと　こんなにも忘れ難く行う
晴れやかなステージよ
生きていて
何だか　のんびりとしている日本人の私が　練習を重ねに重ねた発表に
誘い込まれ
〝人前で演じるとは　登場を試みるとは
可能な限りの練習　準備をして　会場全体の心を豊かにすること〟と
痛感する

黙っていても　二〇一四年に日本での世界詩人会議開会式の夜に踊った
「藤娘」は住んでいた様子　海外の詩人たちの眼底に
〝日本の舞踊　独得な表現〟と

二〇一八年七月　バンコクにて

京に田舎あり

雪解けの季節
春一番に咲くショウジョウバカマが
帰村した笑顔に黙礼

旧知の古老　白髪の姿で現われ
「其方《そち》のガレージに　家《うち》の荷物を置かせて給《たも》れのう」
「はーい　どうぞ」
「こないだ　ややこ（赤ん坊）が生まれてのぅ
宮参りの日も決まったし　よばれに来て給れ」
「おおきに　ありがとうございます
曾孫さんが生まれはって　ほんまに良かったわ
お祝いによせてもらおうと　思うてたんです」

「家《うち》と其方《そち》とは親類やさかい　気ぃ使わんと来て給れや」
「はぁ　うちの山の栗　今年はぎょーさんなってますし
ちょっと持って行きますえ」
「昔から其方の栗　ようもろうてたなぁ
先先代さんが植えとかはったさかい　思い出ばっかしや
この頃なぁ　夜中に鹿がぎょーさん出て来て　畑を荒らして困るんや」
「街でもねぇ　鴨川の堤防にまで鹿が現われて　びっくりしましたえ」
「またゆっくりと喋らしてもらいます
ほな　ひとまず　往《い》んで来るわのう」

武士の言葉使いが残る山村は　今も峠を越えてあり
古老は　乗用車を気軽に運転しても
「何何　して給れ」と言う現代

戦友であり配偶者であり

五十六年前から　共に過ごしているその人は
昭和　平成時代　令和の日々を
京都の住宅街で暮らす　丸く大きな目をもつ男性
〈光陰　矢のごとし〉と想うなか　八十歳超えてなお　ハンドル握る
見慣れた鴨川　北山を背景に

祖先からの諸々　妻の直系尊属の明治十四年生まれ　明治三十八年生まれの
　孝養を　次の世代の後継者であるために妻と二人三脚で行ってきた
社会人になってからは　京都から大阪市内へ通勤　二十六歳で私の知人と
　なっていた

わが夢を許し　昭和三十四年　昭和三十六年生まれの子　そして子供たち

が築いた家族を慈しみ　助言する頭髪白くて薄くなった童顔
他都市で暮らす三人の孫に目を細める　妻には昔風　世帯主の厳しい声を
　度々発し
にこにこ顔に　すぐ戻る

気位の高い家族のもとで成人し　ユーモラスな面をもつ過去のハンサム
昭和十二年生まれの　かの人よ
越え難い峰も共に越えた三歳年上の仕事熱心な性分
書く文字は下手　数学は得意であった
冬には正ちゃん帽をかぶる　今も目の大きい人

『古事記』と『日本書紀』肩に

雷光と暗雲は
わが首すじを絞めつける
言うておきたい事がある
地上の君よ　確《しか》と聞け

「日本の心の発信
世界へ向かって　平安京時代から流れる立つ場からの発表と想うなら
ルーツのまたルーツ
国のなりたちから　こつこつと改めて学び直せ
大まかな事は知っているだろうが
神話の世界まで　たち戻れ
日々繙け　『古事記』と『日本書紀』を」

「そうです　私は今　両手で『古事記』を抱き上げています」
日本の民家が新年に神棚に祀る〈天照皇大神宮〉の御神札
私たち多くの国民がおふださんと言い　神棚に納め　拝む日常ですが
幼児の如く〝何故〟と問い　分かるまで質問もせずに……

『古事記』の古事記《ふることふみ》　上《かみ》つ巻《まき》　序《じょ》を并《あは》せたり　に次のように記されています
（前略）天地が初めて分かれると、三神が万物の始まりとなった。陰と陽とがここで分かれて、二柱の神がすべてのものの生みの親となった。
（後略）

何という　はるかな時空の話の展開
頭を下げ　胸わくわくと神話の引力に導かれ
時を忘れる

『日本書紀』では史実という世界に　太古の空気となってなじんでいく
両肩に乗っているロマンと事実の層
何故今　この地で人間であるのか
万物に感謝する胸内　ふうわりと動く

京ことばで『源氏物語』を

自宅から　東へ行けば鴨川
きしんどな事が多い世の中どすけど
のんどりと流れる水の流れは
ほっこりとした時間を与えてくれます

鴨川から西の方へ進むと金閣寺
その途中に　いつもお参りしているとこがあるのどす
紫式部墓所どす

最新の著書で『紫式部の肩に触れ』という英日語での詩集を出しました
京都で書きました詩や　アジア　欧米でぎょうさん書いてきました詩編の
中から選んで　一冊にまとめてみますと　やっぱり京都土着の人間

紫式部のお墓の前で　先人の霊と自然に対面して

語り合ったりして——

京都で毎月　京ことばで語る『源氏物語』という講座で　勉強しています

源氏物語の「空蝉」の帖をとり上げますと

国文学者の中井和子氏の著書ではこうなってます

百年程前の京ことばで　源氏物語全五十四帖が全訳されていて　ものすごう

貴重な書物どす

〝お臥《やす》みになれまへんままに、源氏の君は、「わたしはこないに、人に憎まれたり嫌がられたりもせなんだのに、今晩はじめて、世の中の辛さ、むつかしさもようわかって、恥ずかしうて生きてる気もせんようになった」などと仰せやすさかい、小君は、涙さえこぼして寝てるのどした。〟

という書き出しで始まります

同じ場所ですが　例えば谷崎潤一郎の現代語訳によりますと〝お寝《やす》みになれませんので、「私はこのように人に憎まれたりしたことはないのに、

今宵初めて世の中の辛さを知ったので、もう恥ずかしくて、生きている
空もないような気がして来た」などと仰せられますと、涙をさえこぼして
臥《ね》ていますʺ となります
この表現の　そんなにややこしいこともない違い　ひびき
京ことばのもつ含みが物語の奥へ奥へと誘います
朗読発表のステージで
この違いを　自分なりに表現しとうなってます

京都でこつこつと　京ことばで朗読する『源氏物語』の勉強をする
言葉のアクセントにも注意しながら　故中井和子教授の書かれた百年程前
の京ことばで伝わるかな　と練習しておく
そして時には発表と致します
東京で可能な折に発表と決まってしまいました
共通語と京ことば　言葉のアクセントも違います
そやけど平安時代からの京都での多くを受けついでますと　しっぽりと

文化として京ことばを残したいと思うんどす

京ことば　日本の共通語　そして英語　フランス語　ぐじゃぐじゃにならへんように研究して行きましょ

京ことばの中には御所ことば　御殿ことばもありますし　こぐちから注目していきます

東山三十六峰を望みながら　うちはべべを着て外出し　しんきくさいと思うても歩いて

歴史の事実にひたるのどすえ

千年前の時代やいうても　ほんまに身近に感じます

そやから未来の千年は　とやっぱり世の平安を祈ります

植えた五色の椿

一本の木に
五色の花が咲くという丹後で育った黒椿の幼い木
「これだけは　根付いてくれますように」と
祈りながら植えたのは二十六年前

京都府与謝郡加悦《かや》町滝区　標高三〇〇メートルの位置で自生していた
樹齢千年は経つヤブツバキ属の「クロツバキ」
この自生の日本一と鑑定された椿が原種とされる黒椿を庭に植え
今朝も語り合う

庭での心通う椿の霊となって
「私の死後も植物たちを見守ってよ」

松　楓　葵　南天
わが親が昔植えた庭木の中に
先ず一本　私が植えた五色の椿

家族のすべてを知っている君の立姿
「在りし日の植えた人の詩心を　懐に
可能な限り長寿をめざし　根を張ってね」と
見つめる時

椿は一本の木に咲いた赤　白　ピンク　褐色　浅い黒色の花から
　五色の大気を発し
新型コロナウイルスと戦う苦節の日時を　沈めていく

譲《ゆず》り葉を生ける

何の手入れもできなかったのに
想像以上に成長するゆずり葉よ
「もしかしたら　お正月に必要な葉として　育ってくれはるかも」と
庭の奥に植えた北山で生まれた　ほんまに幼いゆずり葉

年毎に大きくなり
隣家の軒まで枝伸び始め
五月の紫陽花《あじさい》　招く日に
少しは枝を切り落とす
育てた紫陽花と共にゆずり葉を生け
和室に正座した自家の初々しい生花

世代が代わるように
時期が来ると　新しい葉に代わる掟
ゆずるという意志の内在
鮮やかな濃緑で　たくましく　聡明な葉よ
げんなりとした気分にならず
「しんどい」とも言わず
たとえ雪国の山地であっても
確と伸びゆく底力に
潔く未来を託す自然の摂理を教わる

旅立とう　道せまき難路であっても
寿命ある日の　育て育ちゆく樹々の花々の
はんなりとした心音を抱き——

あとがき

京都市内で生まれ育った私が、地元での深い縁の線上で、当詩集を編むことになりました。遠い過去の京の街を囲む御土居の存在を常に見聞きし、幼少の頃から夏には鴨川の上流で水遊びをし、山紫水明の風景に慣れ親しんできました日常の中で、京ことばは肌から離れないものとなっています。そして京ことばと改めて向き合おうと思うに至りました。

「どぅえ」という同人誌を発行しておられた詩人の先輩や詩友達と共に、長い年月、一編の詩の中に五回以上京ことばを使った詩を書くということを続けておりました。その最中、書くだけでは京ことばのアクセントや広がりを、さらに深く研究できないと思い、「京ことばの会」のメンバーとなり、京ことばで物を書く、話すという勉強を心がけてまいりました。京ことばは御所ことばと大変関連があり、日本では御所ことばが歴史の変転の中で確と伝わり保たれている京都御所と母校近くの尼門跡寺院の大聖寺で、茶道の時間に加わり、大昔の京都で暮している状態を想定し、御所ことばを使う詩を帰宅後に書いている折があります。

夫の父（義父）の故安森定三は約百十七年前、祇園祭のお稚児さんとなって幼少の時に無事その役をつとめ、夫の母（義母）の故安森てるは京都市内の老舗で生育し、京ことばを大変淑やかに話す女性でした。

平安時代からの地所の責任をもち京都北部の田舎で今も守るべき事の多い私は、街の住宅街で常には暮していましても、土着の人間の役目や未来への展望を大切にしてきました。帰村時、田舎での重労働をむしろ楽しんできた状態です。

この詩集の終わりの方には最近書きました作品が多く入っています。それらはまさに今取り組んでいる学習途上からの詩篇といえましょう。〝京ことばでの『源氏物語』朗読〟のステージなどを今後も可能な年にもち、先人の心音を友人たちと共に仰ぎ、さらに学んでゆきたいと思います。また、海外での詩は、コロナ禍の心配など全くなかった年月の間に記したものです。

竹林館代表の左子真由美様、そしてお世話になりましたすべての方々に、心より御礼を申しあげます。

二〇二一年五月五日

安森ソノ子

■著者略歴

安森ソノ子

やすもりそのこ（旧姓　藤井ソノ子）

京都市にて出生。

一九六三年　同志社大学法学部政治学科卒業。同年より京都大学にて研修。

一九六〇年～二〇〇〇年　京都にて研究会「家の会」で研究発表（文学者論等を含む）。後半二〇〇〇年まで世話人代表。

一九七九年　詩集『紫蘇を摘む』（ポエトリーセンター）
　日本図書館協会選定図書となる。

一九八二年　『日本現代女流詩人叢書　安森ソノ子詩集』（芸風書院）

一九八九年　『安森ソノ子の詩による女声合唱組曲　紫蘇を摘む時』（音楽之友社）

一九九六年　詩集『地上の時刻』（編集工房ノア）

一九九七年　エッセイ集『京都　歴史の紡ぎ糸』（酣燈社）

二〇〇八年　『安森ソノ子の詩によるソプラノ歌曲集　京都を研ぐ』（舞苑企画）

二〇一六年　詩集『香格里拉《シャングリラ》で舞う』（土曜美術社出版販売）

二〇一八年　電子書籍『香格里拉で舞う』（おいかぜ書房）
　CD『安森ソノ子の詩による女声合唱曲』『安森ソノ子の詩によるソプラノ歌曲　京都を研ぐ』発表。

二〇二〇年　安森ソノ子英日詩集『紫式部の肩に触れ』（コールサック社）

所属　日本ペンクラブ（35年間会員永年表彰を受ける、元委員）・日本現代詩人会・日本詩人クラブ・関西詩人協会・現代京都詩話会運営委員他。「JAPAN CULTURE NOTE」主宰。

職歴・活動歴

思想の科学研究会元評議員。高校と大学の元教員。大学での元図書館長。

パリ大学、オックスフォード大学にて執筆。現代ジャパン・ゴールド・アカデミー代表。

ラジオのパーソナリティとして活動中。

京都コミュニティ放送のFM79.7京都三条ラジオカフェにて「安森ソノ子の詩とエッセイ」を企画、放送中。

京都コミュニティ放送理事、編成委員。

詩誌　「呼吸」。〝PANDORA〟（日英語にて出版）。総合詩誌「PO」同人。詩誌「コールサック」参加。

受賞　二〇一四年　世界詩人会議にて「優秀詩人賞」「優秀貢献賞」

二〇一八年　「現代日本文学作家大賞」

二〇一九年　「フランス芸術文化大賞」

二〇二〇年　フランスの「ジャポニズム・スフセサール芸術勲章」を受勲

舞踏講師の資格

全日本民俗舞踊連盟公認講師となる（芸名　風月舞苑《まいその》）。剣舞の正賀流（雅号　安森文加《ふみか》）、古典日本舞踊を花柳流にて学ぶ。能楽の観世流では二〇歳代より舞台に立つ。河村禎二《ていじ》（重要無形文化財保持者　観世流職分）に師事。現在、河村和重《かずしげ》（観世流シテ方　河村能舞台当主）に師事。古典日本舞踊等で世界詩人会議や国内の舞台で舞う。

世界詩人会議等にて自作詩発表と講演、日本の舞踊発表を担当。

アジア詩人会議にて、ほぼ毎回参加し、発表する歳月を経る。

住所　〒六〇三―八一二四　京都市北区小山下板倉町二九

安森ソノ子詩集　**京ことばを胸に**

2021 年 6 月 28 日　第 1 刷発行

著　者　安森ソノ子
発行人　左子真由美
発行所　㈱ 竹林館
〒 530-0044 大阪市北区東天満 2-9-4　千代田ビル東館 7 階 FG
Tel　06-4801-6111　Fax　06-4801-6112
郵便振替　00980-9-44593　URL http://www.chikurinkan.co.jp
印刷・製本　モリモト印刷株式会社
〒 162-0813 東京都新宿区東五軒町 3-19

ISBN978-4-86000-449-1　C0092